Ally Hofmann

Burning Shadows
DIE LICHTER DER SCHATTENWELT

Inhalt

7   Kapitel 1

19   Kapitel 2

33   Kapitel 3

40   Kapitel 4

46   Kapitel 5

Kapitel 1

„Gong", läutete der Schulgong zum Ende der letzten Stunde. Ich hob den Kopf und blickte in die grünen, strahlenden Augen meiner Freundin Lucy. „Jane? Kommst du?", fragte sie und zog eine ihrer dünnen Augenbrauen hoch. „Klar", antwortete ich, während ich meine Sachen zusammenpackte. Wir verließen die Schule und verabschiedeten uns voneinander. In meiner Tasche nach meinen Ohrstöpseln kramend bog ich um die Ecke. Die Musik entspannte mich sofort. An der Bushaltestelle blieb ich stehen. Es war ein sonniger Frühlingstag. Die Blätter wehten im Wind und Vögel zwitscherten. „Tuut", störte die Hupe des Busses meinen Frieden. Ich suchte mir einen Platz etwas weiter hinten am Fenster. In der Fensterspiegelung des Busses war ich zu sehen. Brustlange schwarze Haare, eins neunundfünfzig groß, schlank, blaue Augen, 14 Jahre alt – das war ich, Jane Blackwood.

Der Bus hielt, ich stieg aus und machte mich auf den Weg zu unserem kleinen, alten Reihenhaus. Es stand etwa in der Mitte der Straße. Ich drückte auf den silbernen Klingelknopf und wartete, bis meine Mutter die Tür öffnete. Sie ging auf und eine Frau mittleren Alters mit strahlend grünen Augen stand vor mir – meine Mutter, Esmeralda Blackwood, kurz Esme. Sie hatte ihr braunes Deckhaar zu einem halben Zopf gebunden. Der untere hellblonde Teil ihrer Haare hing herunter. Sie umarmte mich. „Wie war die Schule?" „So wie immer." Nachdem ich sie gedrückt hatte, ging ich in mein Zimmer. Es war ziemlich gemütlich eingerichtet. Überall standen dunkle Holzregale und die Wände waren mit Postern beklebt. In einer Ecke stand mein Schreibtisch, wo ich gerade meinen Rucksack abgestellt hatte. Hingesetzt und den Stift zur Hand genommen begann ich auch schon zu zeichnen. Zeichnen war für mich wie atmen. Also bemerkte ich auch nicht, wie die Zeit verging und es dunkel wurde. „Essen!", rief meine Mutter aus der Küche.

Am Esstisch saß schon mein Vater, die kurzen schwarzen Haare perfekt zurückgegelt, sodass man seinen Undercut sehen konnte. Er trug einen langen, Jackett-artigen Mantel, ein weißes Hemd, das er in seine schwarze Anzughose gesteckt hatte und darüber einen schlichten schwarzen Gürtel. Mein Vater sieht ziemlich gut und jung aus, ist schlank und recht groß. „Geht das noch langsamer?", fragte er. Mein Vater und seine Pingeligkeit. Er ist genauso streng wie sein Name, Severus Blackwood. Ich schluckte meinen Ärger herunter und begann, mit meinen Fingern herumzuspielen, während mein Vater sich schon wieder über irgendwas aus seinem Büro aufregte. Er ist zwar ganz nett, aber nicht wirklich verständnisvoll. „Essen", unterbrach meine Mutter glücklicherweise meinen Vater, während sie die Teller auf den Tisch stellte und meinem Vater eine Gabel voll Essen in den Mund stopfte, damit er die Klappe hielt. Meine Mutter ist echt die beste – sie ist lustig, liebevoll und immer für einen Spaß zu haben. Nachdem sich mein Lachkrampf wieder gelegt hatte, stocherte ich in meinem Essen herum. Besonders viel hatte ich dabei vom Essen nicht mitbekommen.

Jetzt lag ich in meinem Bett, hörte Musik und dachte über den heutigen Tag nach. Ich ließ meinen Blick durch mein Zimmer schweifen und blieb an einem Bilderrahmen hängen, in dem eine Collage steckte. Diese hatte ich mit Lucy gebastelt, als wir ungefähr acht Jahre alt waren. Lucy war meine beste Freundin seit dem Kindergarten, wir sind zusammen groß geworden und ich hing wirklich sehr an ihr. Mein Blick fiel auf eines der Bilder in der Collage, es war ein Bild von mir und meinen Eltern. Ich hatte mich an das Bein meines Vaters geklammert und er streichelte meinen Kopf, mit der anderen Hand hielt er meine Mutter im Arm, die glücklich in die Kamera grinste. Zu der Zeit hatte ich meinen Vater noch öfter gesehen, mittlerweile verbrachte er den gesamten Tag auf der Arbeit und ich sah ihn kaum noch. Ich vermisste ihn echt ziemlich, auch wenn ich das ungern zugab.

Plötzlich gab es ein ohrenbetäubend lautes Krachen. Im nächsten Moment hörte ich meine Mutter schmerzhaft aufschreien. Der Schrei erstickte schnell. Ich wollte aufspringen und ihr helfen, doch in diesem Moment zerbrach die Tür und eine furchteinflößende Kreatur bäumte sich vor mir auf. Sie ging auf zwei Beinen, hatte graue Haut und zwei große Krallen, die aus ihrem Rücken kamen. Die Iriden der Kreatur leuchteten schwarz-rot und die linke Kralle war blutgetränkt. Bedrohlich stapfte sie auf mich zu. Sie verschmolz mit der Dunkelheit. Hastig rutschte ich zurück. Meinen Rücken an die Wand gedrückt und die Hände schützend vor den Kopf gelegt, schloss ich die Augen und wartete auf den Tod.

Doch plötzlich wurden meine Hände warm und ich riss meine Augen auf. Aus meinen Händen schossen schwarze Flammen, die das Monster verschlangen und zu Glut verbrennen ließen. Geschockt und schwer atmend saß ich in meinem Zimmer. Was war da gerade passiert? Ich wurde von der Angst übermannt und driftete langsam ab. „Jane, Jane, Jane!", drang es dumpf zu mir durch. Vor mir saß mein Vater. Mit beiden Händen hielt er mich fest und riss mich plötzlich an sich. „Ich hatte solche Angst um dich", weinte er fast. Sein Gesicht war blutverschmiert und er hatte überall Kratzer. „Es... s ge... geht mir gut", stammelte ich und setzte „Wo ist Mama?" nach. „Sie ist ohnmächtig, der Dämon hat sie ziemlich erwischt." „Was ist hier eigentlich gerade passiert? Da kam plötzlich Feuer aus meinen Händen." „Deine Gottesmacht wurde erweckt." „Meine was?" In diesem Moment betrat meine Mutter das Zimmer. „Wurde ihre Macht erweckt?", fragte sie aufgelöst. „Ja." Mein Vater sah zu Boden. „Kann mir mal jemand erklären, was hier los ist?", schrie ich förmlich. Was passiert hier, was verheimlichen mir meine Eltern? „Wir müssen sofort zu Aishar!", rief meine Mutter, als mein Vater mich schon an der Hand packte. Mich hinter sich her schleifend gingen sie zum Auto, parkten mich auf dem Rücksitz und fuhren los.

Es wurde bereits langsam dunkel, als sie endlich hielten. Wir standen vor einem Nachtclub. Über dem Eingang hing ein Neonlicht-Schild mit der Aufschrift „Paranoia". Ich wurde bis zum Hintereingang gezogen. Hastig öffnete meine Mutter die Tür. Mein Vater hielt meine Hand ganz fest. Der Innenraum war erstaunlich groß und menschenleer. Es war ziemlich dunkel. Die Musik und die Lacher der Menschen drangen durch die Wände zu uns herüber. „Aishar!", rief meine Mutter. Die Wände reflektierten das

Ganze und die Angst kroch in mir hoch. „Alles wird gut", hörte ich meinen Vater flüstern. „Was ist denn, Esme?" Wie aus dem Nichts war ein Mann vor uns aufgetaucht. Er hatte lange schwarze Haare. Die eine Seite seines Kopfes war kahl rasiert. Seine Lippe war auf der linken Seite mit einem kleinen Ring gepierct und er trug ein schlichtes schwarzes T-Shirt, einen Gürtel und eine locker sitzende schwarze Jeans. Er wirkte irgendwie freundlich. „Du musst ihr Gedächtnis löschen." Meine Mutter zeigte auf mich. Der Mann seufzte. „Esme, sie ist 14, du musst ihr sagen, was sie ist." „Aber sie ist noch so jung." „Im März ist die Aufnahme an der S.H., dort lernt sie damit umzugehen." „Aishar, bitte lösch es nur noch ein einziges Mal." „Nein! Ich werde ihr Gedächtnis nicht noch einmal löschen." „Aishar, bitte!" „Esme, er hat Recht", mischte sich mein Vater ein.

Den Rest hatte ich gar nicht mehr so sehr mitbekommen. Meine Eltern verfrachteten mich zurück ins Auto und stritten auf der Rückfahrt über irgendwas, und irgendwann schlief ich schließlich ein.

Als ich meine Augen wieder öffnete, lag ich auf dem Sofa. Mein Handywecker hatte mich geweckt. Ist das gestern wirklich passiert oder habe ich das nur geträumt? Ich ignorierte die Frage einfach und machte mich fertig für die Schule. Um meinen Rucksack zu holen, musste ich in mein Zimmer. Der Schreck fuhr durch meinen Körper. Ich hatte das also nicht geträumt. Mein Zimmer sah bestialisch aus. Kein Stein stand mehr auf dem anderen und der Boden war von Holz übersäht, was wohl mal meine Tür gewesen sein musste. Schnell schnappte ich mir meinen Rucksack und machte, dass ich aus dem Haus kam. Das war einfach zu viel für mich. Ich ließ den letzten Abend Revue passieren und blieb an dem Neon-

Paranoia-Schild und Aishar hängen. Dieser Aishar schien sich damit ja ziemlich gut auszukennen. Ohne groß darüber nachzudenken, zog ich mein Handy aus der Tasche und öffnete Google. Ich tippte Paranoia-Club ein und fand die Adresse. Von der nächsten U-Bahn-Station waren es nur vier Stationen bis zum Paranoia. Kurzerhand stieg ich in die U-Bahn und fuhr los.

Vor dem Paranoia angekommen fragte ich mich, was ich eigentlich hier machte. Zögerlich öffnete ich den Hintereingang und trat ein. „Aishar?", frage ich vorsichtig. Bei Tageslicht sah der Raum ganz anders aus. Er erinnerte eher an eine ganz normale Wohnung. Aus dem großen Raum führten einige Türen in andere Zimmer. In der Mitte des Raums stand ein Schreibtisch und an den Wänden einige Regale mit verschiedenen Ampullen, Glasdosen und Kräutern. „Jane, was suchst du denn hier?" Aishar war aus einem der Zimmer getreten. „Ich will wissen, was da mit mir passiert ist." Er seufzte tief. „Sie haben es dir also nicht erklärt." „Nein, leider nicht."

„Das könnte jetzt möglicherweise ein Schock für dich sein. Also so ziemlich alle Fabelwesen und alte Mythen, die du kennst, entsprechen der Wahrheit. Es gibt Vampire, Werwölfe, Elben, Hexenmeister, Dämonen und solche wie dich – Schattenjäger. Vampire, Werwölfe, Elben und Hexenmeister gehören zur Schattenwelt. Götter und Engel zur Oberwelt. Schattenjäger bekommen von den Göttern Kräfte verliehen, um Dämonen zu bekämpfen. Sie sind also halb Mensch, halb Gott, allerdings tragen sie auch einen Teil Dämonen in sich und gehören somit auch zur Schattenwelt. Als deine Eltern dich gestern zu mir brachten, hatte sich

gerade deine Gottesmacht entfacht. Jane, du bist eine Schattenjägerin!"
„Bitte was?" Ist der verrückt? Sollte ich lieber gehen? Das ist doch nicht
möglich! Allerdings war das mit den Flammen, die aus meinen Händen
kamen, ja auch nicht ganz normal. Also fragte ich: „Kannst du mir das
beweisen?" Stumm nickte er und fing an, seine Hände langsam vor sich
her zu bewegen. Rot-orangefarbener Nebel züngelte um seine Hände.
Ruckartig stieß er seine Hände nach vorne und der Nebel verwandelte
sich in eine tellerartige Platte, die auf einen Stuhl zuraste. Mehr als Klein-
holz war von dem Stuhl nun nicht mehr übrig. Meine Kinnlade klappte
nach unten und meine Augen wurden so groß wie die eines Kugelfisches.
„Was bist du?", stammele ich ungläubig. „Ein Hexenmeister", gab er
staubtrocken zurück. Ich erinnerte mich daran, dass er etwas über eine
S.H. geredet hatte und sprach meinen Gedanken laut aus. „Was ist die
S.H.?" „Die S.H. ist die Shadow High. Das ist eine Schule für Schattenweltler. Sie lernen dort mit ihren Schwächen und Stärken umzugehen,
sie zu kontrollieren und einzusetzen. Im März fängt das neue Schuljahr
an und alle vierzehnjährigen Schattenweltler haben die Chance, die S.H.
zu besuchen." „Weißt du, warum meine Eltern das nicht wollen?" „Ich
denke, das solltest du sie lieber selber fragen. Außerdem solltest du langsam gehen. Wenn du etwas brauchst, kannst du immer zu mir kommen."
„Danke, Aishar", verabschiedete ich mich und verließ das Hinterzimmer.
Als ich die Tür öffnete, stand vor mir ein Mann mit blonden, kurzen Haaren. Er ging schnell an mir vorbei und trat ein.

Auf dem Weg nach Hause dachte ich nochmal über das Gespräch mit
Aishar nach und bezweifelte immer mehr, dass das alles wirklich passiert
war. Doch dann erinnerte ich mich an das warme, kribbelnde Gefühl in

meinen Händen, das ich hatte, als das Feuer aus ihnen schoss. Ich war schon fast an unserem Haus angekommen. Langsam verließ mich der Mut und ich blieb stehen. Kurz bevor ich die Tür aufschloss, atmete ich tief ein und aus und rief: „Ich bin wieder da."

„Das Essen ist gleich fertig. Setz dich schon mal an den Tisch", kam es aus der Küche. Wie lange war ich denn bitte bei Aishar gewesen? Meine Mutter stellte das Essen auf den Tisch. Die Stimmung war ziemlich angespannt, bis ich meinen Mut zusammennahm und die Frage, die in meinem Kopf kreiste, laut aussprach: „Warum wollt ihr nicht, dass ich auf die Shadow High gehe?" „Warst du bei Aishar?", schrie mich meine Mutter an. „Ja, er hat mir erklärt, was ich bin." „Weißt du, wie gefährlich das ist?" „Warum beantwortest du meine Frage nicht? Warum wollt ihr nicht, dass ich auf die S.H. gehe?" „Weil die Schattenwelt gefährlich ist und du ein ganz normales Leben führen sollst. Ich will nichts mehr über dieses Thema hören!" „Aber…" „Ich will es nicht hören." Ich schaute zu meinem Vater, der einfach nur still am Tisch saß. Vielleicht könnte ich später nochmal mit ihm reden. „Ich habe Kopfschmerzen. Ich geh ins Bett", entschuldigte ich mich und stand auf.

Es verging ungefähr eine Stunde, bis mein Vater meine Zimmertür öffnete. Er trug seinen schwarzen eleganten Mantel und auch seine Haare saßen wieder perfekt. „Jane, pack deine wichtigsten Sachen. Wir müssen weg. So leise wie möglich, o.k.?", flüsterte mein Vater mir ins Ohr. Verdattert sah ich ihn an. Er schien es bemerkt zu haben und setzte ein „Bitte vertrau mir" nach. Daraufhin verließ er mein Zimmer. Ohne groß darüber nachzudenken, packte ich meine Sachen. Meinen Plüschaffen, den ich besaß und liebte, seit ich ein Jahr alt war, mein Handy inklusive Kopfhörern, ein paar Bleistifte, mein Skizzenbuch, den Bilderrahmen mit der Fotocollage drinnen, mein Lieblingsbuch, zwei Pullis, eine blaue Jeans, Socken, Unterwäsche und die silberne Kette mit dem kleinen Flammenanhänger, die meine Mutter mir zu meinem zwölften Geburtstag geschenkt hatte. Ich stopfte alles in meinen schwarzen Vans-Rucksack, zog meine Chucks und die Jacke an. Ich saß auf meinem Bett und starrte auf meine Schuhe, während ich darauf wartete, dass mein Vater zurückkam.

Hinter mir ertönte ein Klopfen. Mein Vater stand außen am Fenster und klopfte vorsichtig dagegen. Schnell öffnete ich es. Ich drehte mich um und ließ meinen Blick ein letztes Mal durch mein Zimmer schweifen. Über meinen Schreibtisch, die Regale und mein Bett, in dem ich vor wenigen Minuten noch gelegen hatte. „Jane, wir müssen los", riss mein Vater mich aus meinen Gedanken. Er stand schon neben unserem Auto. Seufzend schwang ich mich aus dem Fenster. Ein Glück, dass mein Zimmer im Erdgeschoss liegt. Eigentlich sollte ich mich über das, was hier gerade passierte, wundern, doch es ist so viel geschehen, dass mich gerade nichts mehr überraschte.

Ich ließ mich auf den Beifahrersitz fallen. Der Motor sprang an und mein Vater fuhr los. „Warum ist Mama nicht hier?", fragte ich erschrocken. „Erkläre ich dir gleich." „Papa, wo fahren wir hin?" „In Sicherheit." Die Angst kroch in mir hoch und mir wurde heiß. Ich war mir sicher, das waren die längsten zwanzig Minuten meines Lebens. Was ist hier los? Wo ist meine Mutter? Wo sind wir? Das Auto hielt und draußen konnte ich das Paranoia erkennen, was mich sichtlich beruhigte. Mein Vater öffnete die Autotür, ich stieg aus und wir gingen zum Hintereingang. Bevor ich meine Hand zum Klingelknopf ausstrecken konnte, öffnete Aishar die Tür. Ich folgte Aishar und meinem Vater. „Was ist hier los?" „Deine Mutter ist durchgedreht. Sie wollte dich einsperren und die Shadow High zerstören. Deswegen bin ich mit dir abgehauen." „Ihr wohnt vorerst hier bei mir im Paranoia und im März gehst du dann auf die S.H." Ich konnte das alles gar nicht glauben. Meine Mutter würde niemals ... und an die S.H.? Was ist mit meinem jetzigen Leben und mit meinen Freunden? Ich versuchte, etwas zu sagen, doch meine Stimme brach ab. „Komm, ich zeige dir, wo du schlafen kannst", erlöste mich Aishar. Er führte mich in einen Raum und sagte: „Mach´s dir gemütlich." Schon verließ er den Raum wieder. Der Raum war recht groß. Drei der vier Wände waren weiß, die vierte war dunkelblau, fast schwarz gestrichen. In der Ecke stand ein gemachtes Doppelbett und an der gegenüberliegenden Wand waren ein paar Schränke. Daneben befand sich eine Tür, die in ein kleines Bad führte. Der Raum hatte zwei große Fenster und eine viereckige Deckenlampe. Ich ging ins Bad. Es war ziemlich klein, besaß aber ein Klo, eine Dusche, Waschbecken mit Spiegel und ein kleines Fenster. Auf dem Klodeckel lag ein großer grauer Pulli und ein Post-it. „Kannst du zum Schlafen anziehen. PS: Darfst alles im Bad benutzen." Der Zettel war wohl von Aishar. Grinsend zog ich meine Kleidung aus und den Pulli an. Ich ging zum Spiegel und spritzte mir eine Ladung Wasser ins Gesicht. Das Wasser fühlte sich kühl und befreiend an. Neben mir lag eine frische Zahnbürste. Ich griff danach und putzte meine Zähne. Todmüde ließ ich mich ins Bett fallen. Langsam hob ich in meine Traumwelt ab und schlief ein.

Meine Augen öffneten sich, das Zimmer war von Licht durchflutet und die Sonnenstrahlen kitzelten auf meiner Haut. Ich streckte mich, während ich unter die Dusche tapste. Das warme Wasser lief meinen Körper herunter. Ich liebe Duschen! Man kann einfach die Wärme genießen und den Kopf frei kriegen. Fertig angezogen verließ ich das Zimmer. In der Küche stand Aishar und machte Waffeln. Der süßliche Duft stieg mir in die Nase und mir entfuhr ein „mhh". Aishar lachte und deutete auf den gegenüberstehenden Tisch. „Setz dich doch schon einmal zu deinem Vater." Am Tisch saß tatsächlich mein Vater, der Aishar anlächelte. Ich setzte mich auf einen der bequemen Holzstühle und musterte das rote Tischtuch, das auf dem dunklen Holztisch lag. „Dreimal Waffeln", lachte Aishar, während er drei Teller mit Waffeln auf seinen Händen balancierte. Als jeder seine Waffel hatte, begannen wir zu essen.

Plötzlich klopfte es heftig an der Tür. „Aishar!" Es war die Stimme meiner Mutter. Meinem Vater und Aishar stand der Schreck ins Gesicht geschrieben. „Wir müssen uns verstecken", flüsterte mein Vater. Er bugsierte mich in irgendein Nebenzimmer und schloss die Tür. Das Zimmer schaute ich mir gar nicht an. Ich war viel zu verwirrt. Scheinbar stand Aishar in der Nähe, denn jetzt konnte man die Stimme meiner Mutter klar und deutlich hören. „Weißt du, wo Jane und Severus sind?" „Nein, Esme, bitte beruhige dich." „Ich soll mich beruhigen? Er ist einfach mit ihr abgehauen! Du musst sie aufspüren!" „Was ist denn überhaupt passiert?" „Ich wollte das Kind doch nur vor sich selbst schützen." „Esme." „Dort kann ihr niemand zu nahekommen." „Wo?"

„In der Mulanai ist es sicher." „Bist du verrückt?" „Du musst sie aufspüren, bitte." „Nein, das mache ich nicht." „Ich werde sie schon noch finden und dann eliminiere ich diesen Dreckskerl und die S.H.!" Die Tür knallte und es herrschte Stille. Die ganzen beiseitegeschobenen Emotionen stürzten auf mich ein und ich brach weinend zusammen. Das konnte doch nicht wahr sein! Nein! So war meine Mutter nicht! In diesem Moment gab es nichts, was mich auf dieser Welt noch hielt. Meine Knie schlugen hart auf dem Boden auf und ich spürte, wie mein Vater mich in die Arme schloss. Ich drückte meinen Kopf an seine Brust. Sein weißes Hemd wurde von meinen Tränen durchnässt. Der angenehme, vertraute Geruch seines Aftershaves beruhigte mich. Nach etwa zwanzig Minuten winselte ich. „Bitte sag mir, dass das nicht wahr ist! Bitte sag, dass das nicht wahr ist!" „Alles wird gut, Kleines." Er drückte mich noch fester an sich.

Kapitel 2

Mittlerweile waren gute eineinhalb Monate vergangen und heute war der Tag, an dem ich endlich an die S.H. gehen würde. Ich hatte Lucy erzählt, dass meine Eltern mich auf ein Internat schicken würden, was ja eigentlich auch stimmte. Die restlichen Wochen war ich nicht mehr zur Schule gegangen, damit meine Mutter mich nicht finden konnte. „Jane, wir müssen los!", rief mein Dad. Inzwischen waren wir uns um einiges nähergekommen. Meine Mutter war total durchgedreht, und nachdem sie die ganze Stadt auf der Suche nach uns verwüstet hatte, war sie einfach verschwunden. Ich hatte einen ganzen Monat gebraucht, bis ich wieder normal aß und selbst jetzt nahm mich ihr Durchdrehen und Verschwinden sehr mit. „Ja", antwortete ich und lief meinem Dad und Aishar, bei dem wir immer noch wohnten, zum Auto hinterher. Ich saß auf dem Rücksitz, hörte Musik und schaute aus dem Fenster. Die Sonne schien mir ins Gesicht und die grünen Bäume zogen an mir vorbei. Nach über einer Stunde hielten wir auf einem Parkplatz. Das Auto stand neben einer schönen Parkanlage. Ich ging zum Kofferraum, zog meinen Rucksack an und schmiss mir meine Reisetasche über die Schulter. Zusammen liefen wir durch den Park. Es war ziemlich still, allerdings keine unangenehme Stille. Sie fühlte sich einfach gut an. Ich konnte das Zwitschern der Vögel und das Rauschen der Blätter hören. „Da wären wir", riss Aishar mich aus meinen Gedanken. „Hier?" Ich guckte ihn verblüfft an. Wir standen vor einem Lagerhaus mit eingestaubten Fenstern und einer dunklen, mysthischen Atmosphäre. Es sah ungenutzt aus. Aishar lachte. „Komm einfach mit." „Okay …?"

Wir traten durch die schweren Eingangstüren, und was sich dahinter verbarg, raubte mir den Atem. Eine riesige, hell erleuchtete Eingangshalle. Ihr Holzboden knarzte leicht bei jedem Schritt. Am hinteren Ende führte links und rechts jeweils eine dunkle, breite Holztreppe nach oben. Zwischen den beiden Holztreppen war ein hohes Plateau, etwa einen Meter hoch, mit Geländer gebaut, das scheinbar zu weiteren Räumen hinter den Treppen führte, da gerade jemand hinter der rechten Treppe verschwand. In der Mitte des Plateaus führten drei Stufen nach unten in die Halle, in der wir gerade standen. Auf beiden Seiten der Eingangstür ging es jeweils in ein kleines Treppenhaus. In der Halle standen bestimmt an die 600 Schüler samt Eltern. „Ist das die S.H.?", fragte ich, obwohl die Frage total unnötig war. „Ja", strahlte Aishar. Ich ergriff die Hand meines Dads, der neben mir stand. Sein Blick wirkte irgendwie wehmütig. „Es sieht immer noch genauso aus wie früher", raunte mein Dad und ich fragte: „Was meinst du?" „Als ich so alt war wie du, bin ich hier zur Schule gegangen." „Echt jetzt?" „Ja." „Das heißt, du bist gar kein Mensch?" „Jane, hier auf dieser Schule sind alle zur Hälfte Mensch. Das darfst du nicht vergessen. Aber ja, ich bin ein Schattenjäger." „Warum hast du mir das nicht erzählt?" „Du hast nicht gefragt." Augenrollend verschränkte ich die Arme vor der Brust. Allerdings konnte ich nicht lange schmollen. „Warum sieht diese Schule von innen so anders aus?" „Weil sie für Salvore, also normale Menschen, sozusagen unsichtbar ist. Salvore können nur ein Lagerhaus erkennen und wenn sie es betreten, ist es einfach leer", erklärte Aishar.

Am Ende des Raums war eine junge Frau mit roten Haaren aufgetaucht. Sie trug eine schwarze Uniform. „Liebe Schülerinnen und Schüler, liebe Neuankömmlinge, ich heiße euch herzlich Willkommen an der Shadow High. Ich bitte die älteren Schüler, schon mal ihr Gepäck auf ihre Zimmer zu bringen und sich dann im Speisesaal einzufinden." Die Eingangshalle leerte sich, bis nur noch nahezu 150 Schüler in der Halle standen. Die Frau fuhr fort: „Liebe Neuankömmlinge, ich freue mich sehr, euch an der S.H. begrüßen zu dürfen. Mein Name ist Ms. Alberts. Ich bin die Konrektorin dieser Schule und ein Vampir. Nun zum Wesentlichen. Die Schlafräume der Vampire sowie Wäscherei, Schulküche, Werkräume und das Büro des Hausmeisters sind im Untergeschoss. Der Trainingsraum, der Essenssaal sowie Bibliothek sind im Erdgeschoss. Im dritten Stock befinden sich die Klassenzimmer. Die Schlafsäle der Schattenjäger und Hexenmeister befinden sich im zweiten Stock und die der Werwölfe und Elben im dritten Stock. Dorthin werden ich und diese fünf anderen Lehrkräfte euch geleiten. Der Schulgarten auf der Rückseite des Hauses ist für jeden frei nutzbar. Bis auf den eingezäunten Bereich im hinteren Teil des Gartens und die Hardballanlagen, diese sind ohne Genehmigung eines Lehrers tabu. Das wäre es dann auch schon."

Schattenjäger und Hexenmeister zu mir", rief ein Mann Mitte zwanzig. Er sah ziemlich gut aus. Seine schwarzen, glatten Haare waren zu einer Kurzhaarfrisur geschnitten und einige davon hingen ihm in die Stirn. Zwischen den Haaren blitzten seine rehbraunen Augen auf. Er war ziemlich schlank und trug einen hellgrauen Hoodie mit hellblauer Jeans. Neben ihm stand eine junge Frau mit braunen Haaren. Sie hatte ihre Haare zu einem Pferdeschwanz gebunden. Jetzt musste ich wohl oder übel Abschied von meinem Dad und Aishar nehmen. Ganz fest schlang ich meine Arme um meinen Dad und schniefte: „Ich werde dich so vermissen." „Du wirst hier ganz viel Spaß haben, dann hast du dafür gar keine Zeit. Außerdem können wir ja telefonieren." „Ich hab dich lieb." „Ich dich auch." Ich löste mich von ihm und winkte Dad und Aishar zum Abschied, bevor ich zu dem Mann mit den schwarzen Haaren und ein paar anderen Schülern, die bereits dort standen, ging.

„Ich bin Summer und das ist Arek, folgt uns", stellte die Frau sich vor. Sie hatte eine freundliche und weiche Stimme. Wir gingen Richtung Eingang und bogen dann in das kleine Treppenhaus ab. Die Holzstufen knarzten bei jedem Schritt. „Mädchen, ihr kommt mit mir und ihr Jungs geht mit Arek", erklärte Summer. Wir gingen den Gang entlang und Summer schickte immer zwei Mädchen zusammen auf ein Zimmer. „Mai Salters und Jane Blackwood Zimmer 4a", las Summer vor und deutete auf ein Zimmer. Neben mir tauchte ein Mädchen mit frechem Grinsen auf.

Wir betraten das Zimmer. Es war recht groß. In dem Zimmer standen zwei Einzelbetten, an den Wänden daneben standen jeweils ein Schreibtisch und ein paar Schränke. Es gab auch ein kleines Bad. „Hi, ich bin Mai", stellte sich das Mädchen vor. „Hi, ich bin Jane." Ich musterte das Mädchen. Sie hatte eisblaue Augen, einen mittelbraunen Longbob, dessen vordere zwei Strähnen blond gefärbt waren und knapp bis unter ihre Augen herunterhingen. An ihren Ohren baumelten zwei lange Ohrringe, die einfach aus silbernen Ketten bestanden. Sie trug ein schwarz-weiß gestreiftes Oberteil und darüber ein schwarzes Shirt mit einem Anime-Aufdruck. Beides hatte sie in ihre schwarze Hose gesteckt. Zusätzlich trug sie einen Gürtel mit Nietenlöchern. Um ihren Hals hingen Ketten und ein Kopfhörer. Sie war etwas größer als ich und ziemlich schlank. Auf mich wirkte sie recht freundlich.

Ich stellte meine Tasche und den Rucksack ab und ließ mich auf eines der Betten fallen – ziemlich bequem. Ich begann, meine Sachen in den weißen Schränken zu verstauen, mein Skizzenbuch legte ich auf meinen Schreibtisch. Durch das Fenster war der Schreibtisch ziemlich gut beleuchtet. „Das Zimmer ist voll ungemütlich", kam es von Mai, die neben ihrem Bett stand. „Wir können es ja demnächst dekorieren", schlug ich vor. Sie grinste breit. „Wie wäre es mit einem toten Huhn?", fragte ich scherzhalber. Wir brachen in Lachen aus. „Und daneben ein Bild vom Rektor", feixte sie. Während wir lachten, klopfte es an der Tür. Ein etwas älteres Mädchen mit strohblonder Flechtfrisur streckte ihren Kopf ins Zimmer. „Hi, ich bin Lia. Ich soll euch die nächsten Tage ein bisschen begleiten und euch die Schule zeigen. Es gibt übrigens jetzt Essen. Kommt ihr mit?" Ich stand auf, zupfte meinen schwarzen Hoodie zurecht und folgte Lia und Mai durch das Treppenhaus runter bis in die Eingangshalle auf das Plateau, welches als eine Art Weg diente. Wir liefen nach rechts, dann geradeaus bis hinter die Treppe. Vor uns lag ein sehr großer Saal mit lauter Tischen. Am rechten Ende des Saals war eine Essensausgabe. An den Tischen saßen bereits lauter Schüler und unterhielten sich.

„Kommt", forderte Lia uns auf, uns etwas zu Essen zu holen. Also stellten wir uns in die Schlange der Essensausgabe. „Am ersten Abend gibt es immer etwas Leckeres", erklärte uns Lia und tatsächlich sah das Essen echt gut aus. In den Wärmebehältern der Essensausgabe befanden sich Salate,

Braten und Kartoffelklöße. Ich bestellte mir von allem ein bisschen und ging dann weiter zur Getränkeausgabe. Auch dort war die Auswahl ziemlich groß: Wasser, Säfte, Limo, Cola, Tee und Blut für die Vampire. Ich nahm mir ein Glas Orangenlimonade und ging zu dem Tisch, an den sich Lia und Mai gesetzt hatten. Ich begann zu essen, als Mai mich fragte: „Hast du eigentlich Geschwister?" „Ne, du?" „Ja, meinen Bruder Alex. Er sitzt da drüben mit seinen Freunden." Sie deutete zu einem der Tische. Einer der Jungs drehte sich um. Er sah genauso aus wie Mai. Dunkelblonde, wellige Haare, die zu einer lässigen Kurzhaarfrisur geschnitten waren, braune Augen und ziemlich schlank, Stupsnasengesicht. „Ist er das?", fragte ich. „Ja. Er ist ein Jahr älter als ich und geht schon in die zweite Klasse der Shadow High." Mai war echt nett. Ich hatte das Gefühl, wir würden gute Freunde werden. „Bist du eigentlich eine Schattenjägerin oder eine Hexenmeisterin?", fragte ich Mai. „Schattenjägerin. Alex auch. Und du?" „Ich auch."

Nach dem Essen entschied ich mich, einen Spaziergang durch den Schulgarten zu machen. Der Garten lag hinter dem Schulhaus, was bedeutete, ich musste einmal um das ganze Gebäude herum. Es fing langsam an zu dämmern. Die kalte Abendluft fühlte sich so unfassbar gut an. Ich starrte gerade in die Sterne, als ein Junge mich anrempelte. „Alles gut?", fragte er. „Ähm, ja", stotterte ich. Er hatte so unfassbar blaue Augen! Seine kurzen schwarzen Haare hingen ihm ein wenig in die Stirn. Er sah verdammt gut aus. Seine spitzen Vampirzähne schimmerten im Mondlicht. „Was machst du ganz alleine hier draußen?", fragte er sanft. „Spazieren gehen, bisschen den Kopf frei kriegen", erwiderte ich. „Ich auch.

Wollen wir ein Stück zusammen gehen?" „Gerne." So schlenderten wir also durch den vom Mondlicht erleuchteten Garten.

Es war so still. Man konnte nur das Rauschen der Blätter und eine Eule hören. Bis ich mich entschied, das Schweigen zu brechen. „Wie heißt du eigentlich?" „Oh sorry. Ich hab ja voll vergessen, mich vorzustellen. Ich bin Lucile Travers, kannst mich auch Luce nennen. Ich bin ein Vampir und Erstklässler an der S.H. Und wer bist du?" „Jane. Jane Blackwood. Auch Erstklässlerin, aber Schattenjägerin." Wir unterhielten uns bestimmt eine Stunde. Ich hatte einiges über Luce erfahren. Er war ein Sonnenkind. Das sind Vampire, die ins Licht können, auch Tageslichtler genannt. Sonnenkinder sind sehr selten. Deswegen hatte Luce mich auch gebeten, es nicht groß rumzuerzählen.

Zurück im Zimmer putzte ich meine Zähne, spuckte aus und ging ins Bett. „Wo warst du denn so lange?", kam es aus dem Bett neben mir. Ich hätte schwören können, Mai hatte geschlafen. „War spazieren." „Ganz alleine?" Sollte ich ihr von Luce erzählen? „Nein." „Mit wem?" „Gute Nacht, Mai", würgte ich sie schmunzelnd ab. „Och Mann! Gute Nacht." Irgendwann würde ich es ihr bestimmt erzählen. Mit diesem Gedanken schlief ich ein.

„Drrr" riss mich das furchtbare Geräusch meines Weckers aus dem Schlaf. Also schälte ich mich aus meinem weichen Bett und schlurfte im Halbschlaf ins Bad. In Windeseile schloss ich die Tür wieder. Im Bad stand Mai, nur mit einem Handtuch umhüllt, welches nicht so ganz alles verdeckte. Toll gemacht, Jane. Es ist dein erster richtiger Tag an der S.H. und du platzt ausgerechnet ins Bad, wenn sich deine Mitbewohnerin anzieht. Ich klatschte mit beiden Händen auf mein Gesicht ein, in der Hoffnung, dass die Röte verschwand. Vergeblich. Mai kam aus dem Bad und ich murmelte ein „Tut mir leid", während ich beschämt zu Boden schaute. „Is schon okay", sagte sie. Schnell huschte ich an ihr vorbei und ging ebenfalls duschen. Fertig angezogen verließ ich das Bad. Mai saß auf ihrem Bett und hörte Musik. „Auch endlich fertig?", grinste sie, während sie vom Bett hüpfte und sich ihren schwarzen Rucksack über die Schulter warf. „Frühstück?", fragte sie. „Frühstück!", antwortete ich. Also gingen wir in den Speisesaal.

Ich ließ mich mit meinem Tablett neben Mai nieder. Ein paar Tische weiter entdeckte ich Luce. Er drehte sich um und winkte mir zu. Zaghaft winkte ich zurück. Luce saß zwischen ein paar anderen Erstklassvampiren. „Wer ist das denn?", fragte mich Mai. Sie stupste mich leicht von der Seite an. „Niemand", schmatzte ich mit halbvollem Mund und wurde rot. „Niemand also", lachte sie und widmete sich wieder ihren Rühreiern.

Nachdem wir gegessen hatten, stiegen wir die dunkle Holztreppe in den ersten Stock hinauf. Dieses Stockwerk war ziemlich schön. Dunkler Holzboden, schmale Gänge und große Fenster. „Das da drüben ist unser Klassenzimmer. Zumindest war es letztes Jahr das von Alex." Ich folgte ihr einfach in das Klassenzimmer links von uns. Es war sehr geräumig. Rechts von uns stand ein Pult und links einige Schulbänke. Ich ging zur letzten Bank und setzte mich dort ans Fenster. Mai ließ sich neben mir nieder und so warteten wir, bis der Lehrer kam.

Vom Fenster aus hatte ich einen guten Ausblick auf den Schulgarten, wo gerade eine Gruppe von Schattenjägern samt Lehrer auf den hinteren Teil des Schulgartens zusteuerte. Unter ihnen befand sich auch Alex. Ms. Alberts betrat das Klassenzimmer. „Guten Morgen", grüßte sie. „Guten Morgen", kam es von der gesamten Klasse zurück. „Heute beschäftigen wir uns mit der Shadow High", begann sie. „Die Schule wurde ungefähr vor 300 Jahren von unserem Rektor Mr. Urata gegründet. Davis Urata ist bis heute Rektor dieser Schule. Das ist er." Sie hielt ein Bild von einem Mann hoch, dessen glattes dunkelrotbraunes Haar ordentlich zur Seite gegelt war. Er sah verboten jung dafür aus, dass er über 300 Jahre alt war und hatte ein schiefes Grinsen. Ms. Alberts fuhr fort „Mr. Urata benutzt eine besondere Form von Magie, die ihn „unsterblich" macht." Den Rest der Stunde hatte ich nicht so richtig zugehört, da ich lieber aus dem Fenster schaute. „Kommst du?", fragte ich Mai, da wir jetzt Mittagspause hatten. Zusammen verließen wir das Klassenzimmer. „Weißt du, was wir nach der Pause haben?", wurde ich von Mai gefragt. „Training glaube ich", gab ich abwesend zurück. „Endlich darf ich in den Trainingsraum und muss nicht immer nur zuschauen", freute Mai sich. Ich musste schmunzeln.

Wir streiften noch ein bisschen durch den Park vor der Schule und aßen zu Mittag. "Training, Training, Training", freute sich Mai, während sie neben mir zum Trainingsraum hüpfte. „Wo ist der Trainingsraum überhaupt?", erkundigte ich mich. „Hinter der linken Treppe", grinste sie zurück. „Überrascht blieb ich stehen. Hinter der linken Treppe gab es zwei Türen. Eine, die geradeaus und eine, die nach rechts führte. „Wo müssen wir lang?", wunderte ich mich. „Geradeaus. Das andere ist die Bibliothek."

Mai folgend betrat ich den Trainingssaal. Das Licht schimmerte durch die riesigen Fenster der Westseite und erleuchtete den Raum mit der hohen Decke. Es standen bereits ein paar Schüler und Arek im Raum. „Ich denke, jetzt sind wir vollzählig", rief Arek. „Als erstes bekommt ihr eure Trainingsuniform", fuhr er fort und drückte jedem von uns etwas schwarzes, zusammengefaltetes in die Hand. „Deswegen mussten wir bei der Anmeldung wohl unsere Kleidergrößen nennen." „Mädchen in die linke und Jungs in die rechte Umkleide, bitte", forderte er uns auf, uns in Bewegung zu setzen.

Vorsichtig faltete ich das Kleidungsstück auf. Es war ein schwarzer Einteiler mit einem Reißverschluss vom Bauchnabel bis zum Hals. Ich zog ihn an. Er passte perfekt und lag überall eng am Körper an. „WOW", entfuhr es Mai. Sie sah atemberaubend aus, wie der schwarze Stoff sich um ihre perfekten Kurven schmiegte. „Steht dir echt gut", meinte ich, während ich meine Klamotten ordentlich auf die Bank legte, um mit den anderen Mädchen die Umkleide zu verlassen. „Dir aber auch!", schmunzelte sie zurück und lief mir hinterher.

„Wie ich sehe, passt die Uniform jedem von euch", begrüßte uns Arek und fuhr fort. „Lauft euch bitte ein, jeder zwanzig Runden." Bei seinen Worten klappte meine Kinnlade herunter. Ich war zwar nicht unsportlich, aber das waren doch schon sehr viele Runden. „Ich hasse laufen!", grummelte Mai, als sie sich in Bewegung setzte. Ich ließ meinen Blick über meine Klassenkameraden schweifen. Die Jungs trugen ebenfalls schwarze Einteiler, nur waren diese nicht ganz so eng wie unsere. Nach zwanzig Höllenrunden sammelten wir uns alle in der Mitte des Raumes. „Einige von euch haben bestimmt schon von den lichten Himmelskräften gehört.

Für die, die nicht wissen, was das ist: Es gibt Schattenjäger mit besonderen Fähigkeiten. Die häufigsten sind wohl blaue oder rote Blitze, Tiere/Tiereigenschaften oder Telekinese. All diese Fähigkeiten dienen dem Dämonenvernichten und sind hoch gefährlich für jeden mit Dämonenblut. Als Hexenmeister kann ich eure Kräfte zum Vorschein bringen. Heute werden wir also eure lichten Himmelskräfte entfalten. Es gibt aber auch ein paar Schattenjäger ohne diese Kräfte. Wer will zuerst?" „Ich", brüllte ein blondhaariger, groß gebauter, muskulöser Junge mit grünen Augen. „Okay, gib mir deinen Arm!", forderte Arek. „Das brauch ich nicht", gab der Junge mit einem arroganten Lachen von sich. Er hob seine Hände über den Kopf und rief siegessicher „Tanzender Bluthagel". Wie aus dem Nichts ergoss sich vor ihm ein Schwall aus Blutstropfen. Wie Regen fiel er auf den Boden herab und verbrannte dort. Zurück blieb nur ein Raunen der Schüler. „Gut gemacht, Collin, eine sehr seltene und gefährliche Kraft", lobte ihn unser Lehrer. Mit hoch erhobenem Kopf marschierte der mir unsympathische Muskelprotz zurück in die Reihen. „Wer will als nächstes?", fragte Arek.

Ein Mädchen mit langen roten Zöpfen meldete sich, tappste zu Arek und streckte ihm ihre Hand hin. Er umgriff ihr Handgelenk und im nächsten Moment schossen wunderschöne Blumenranken aus ihren Händen. Sie tanzten und drehten sich in der Luft, bevor sie zu Boden sanken. Die anderen Schüler hatten Kräfte wie beispielsweise Schlangenbiss, eisige Wellen, gelb-rote Blitze oder Eis. „Mai Salters", wurde Mai aufgerufen. In dem Moment, als Arek seine Finger um Mais Handgelenk schloss, änderte sich die Stimmung im Raum. Mit majestätischer und tiefer Stimme sagte Mai „Eiserne Ketten." Es fuhr mir wie ein Schauer über den

Rücken. Aus ihren Händen schossen glänzende Silbereisenketten, die mit einem lauten Klirren zu Boden fielen. „Dieses Jahr haben wir einige vielversprechende Schüler unter uns", grinste Arek.

Da nur noch ich übrig war, trat ich nach vorne und hielt Arek meinen Arm hin. Vorsichtig griff er nach meinem Handgelenk und da war es wieder, dieses warme Kribbeln, kurz bevor die Flammen aus meinen Händen schießen. Ich schloss meine Augen und wartete auf die schwarzen tänzelnden Schönheiten. Der Griff um mein Handgelenk löste sich. Ich öffnete meine Augen und sah als erstes Arek, der sich die Hand auf den Mund hielt und mich mit geweiteten Pupillen anstarrte. „Da ... das kann nicht wahr sein. Die schwarzen Flammen des Dämonenjägers Rahir! Würden sie mir bitte folgen, Ms. Blackwood. Die anderen dürfen gehen", stotterte Arek. Leicht verängstigt folgte ich unserem Lehrer durch die Gänge in den Schulgarten. Auf der linken Seite des Hauses stand ein weiterer kleiner Betonklotz mit Fenstern und Türen. Ich schätzte, dass das das Büro des Schulleiters war.

Arek hielt mir die Tür auf und ich schlüpfte unter seinem Arm hindurch. Die langen kalten Gänge des Gebäudes verliehen dem Ganzen eine drückende Stimmung. Ein Klopfen riss mich aus meiner Gedankenwelt. Es kam von Arek, der an einer der zahlreichen Türen klopfte. „Herein", drang eine Stimme durch die Tür zu uns. Nachdem Arek die Tür geöffnet hatte, standen wir direkt vor Mr. Urata, der ziemlich genauso wie auf dem Foto aussah. Dunkelblauer Anzug, strenger Blick, schiefes Grinsen. „Um was geht es?" „Sie hat Rahirs schwarze Flammen. Ich hielt das immer für eine Legende." „Es ist keine Legende. Ich kannte Rahir höchstpersönlich."

„Was sollen wir jetzt mit ihr machen?" „Lassen sie sie einfach weiter am Unterricht teilnehmen und jetzt gehen sie." Nach diesen Worten verließen wir endlich das Gebäude. „Du kannst jetzt auch gehen, Jane", erlöste Arek mich.

Schnell machte ich mich auf den Weg in mein Zimmer. Als ich es betrat, sprang mir eine angespannte Mai entgegen. „Ist alles okay?", fragte sie mich mit fürsorglicher Stimme. „Ich bin verwirrt", antwortete ich ehrlich. „Komm, setz dich her." Sie deutete auf ihr Bett. „Und jetzt erzähl, was passiert ist." „Ich wurde in das Büro des Rektors gebracht und es wurde die ganze Zeit etwas von einem Rahir geredet." „Kennst du die Legende von Rahir dem Dämonenjäger nicht?" „Was?" „Die Legende von Rahir dem Dämonenjäger. Man erzählt sich, es gab einmal einen Dämonenjäger namens Rahir. Er trug das Symbol der Sonne. Seine schwarzen Flammen befreiten die Menschheit von dem Dämonenkönig Sahír. Er verbannte ihn in den düstersten Teil der Hölle, genannt Atarm. Die schwarzen Flammen von Rahir sind sehr selten. Es gab seit mindestens 800 Jahren niemanden mit schwarzen Flammen mehr. Deshalb halten die meisten das auch für eine Legende." Meine Kinnlade klappte nach unten. Das konnte doch nicht sein. „Wie? Ich bin doch nichts Besonderes? Da muss ein Irrtum vorliegen." „Komm, wir gehen erst einmal etwas essen", versuchte Mai mich abzulenken.

„Mann, war das anstrengend", seufzte ich. Wir waren gerade essen, und erschöpft schmiss ich mich auf mein Bett. „Warum muss Collin immer so ein Drama machen?", fragte Mai. Genervt schmiss sie sich ebenfalls auf ihr Bett und fuhr fort, „Das war echt daneben." „Ja, schon." „Er muss immer der Größte sein. Tut mir leid, dass du es wegen deinen Flammen diesmal abbekommen hast." „Nicht so schlimm, aber kann es sein, dass ihr euch schon länger kennt?" „Collin und ich sind Sandkastenfreunde. Als sein großer Bruder starb, wurde er so. Ich schätze, weil er nie wieder so verletzt werden wollte." Ich nickte. „Ich gehe schlafen", murmelte ich, bevor ich ins Bad verschwand.

Das kalte Wasser in meinem Gesicht tat gut. Ich gab mir größte Mühe, die aufkommenden Tränen zurückzuhalten. Schnell verließ ich das Bad wieder, damit Mai es benutzen konnte. Während ich unter die Decke schlüpfte, bahnten sich die Tränen einen Weg in meine Augen. Das war einfach zu viel. Ich vermisste meinen Dad, dann die Sache mit dem Rektor und dann auch noch Collin. Mai kam aus dem Bad. Verzweifelt versuchte ich mein Weinen zu unterdrücken. „Du musst es nicht unterdrücken. Ich hab dich sowieso gehört. Rutsch!", sagte sie. Verwundert rutschte ich ein Stück nach rechts. Sie krabbelte neben mir unter die Decke, nahm mich vorsichtig in den Arm und meinte „Und jetzt schlaf!". Langsam beruhigte ich mich und schlief ein.

Kapitel 3

„Heute sind eure ersten Zwischenprüfungen. Dafür werdet ihr in Dreierteams gegeneinander antreten. Vampire, Werwölfe, Elben, Hexenmeister
und Schattenjäger dürfen sich wie immer mischen", erklärte Arek. Mittlerweile sind knappe drei Monate vergangen, seit ich an die Shadow High
kam. Im Training haben wir gelernt, unsere Kräfte einzusetzen. Nicht
nur die Himmelskräfte, sondern auch Sprint und Sprung. Schattenjäger
können nämlich aus dem Stand bis zu vier Meter hochspringen und sehr
schnell rennen. Sie haben also übernatürliche Kräfte. Irgendwann haben
wir dann auch mit den anderen Erstklässlern trainiert und Mai hat somit auch endlich Luce kennengelernt. „Kann ich mit euch in ein Team?",
erschreckte mich Luce aus Versehen mit seiner Frage von hinten. „Wir
trainieren jetzt seit zwei Monaten zu dritt! Du musst nicht mehr fragen",
lachte Mai. Arek fuhr fort: „Wenn ihr euch zu Dreierteams zusammenge-
funden habt, stellt euch bitte hinter mir auf." Nachdem sich alle eingereiht
hatten, teilte er die Duelle ein. „Jane, Mai und Luce gegen Collin, Amanda und Fred." „Die zertrampeln wir im Handumdrehen", schrie Collin.
Irgendwie erinnerte er mich an einen Gorilla. Zertrampeln würden sie uns
ganz sicher nicht, dafür waren wir zu gut. Mai mit ihren eisernen Ketten,
meine schwarzen Flammen, Luces Vampirkräfte. Wir waren das perfekte
Team.

„Stellt euch auf, die anderen gehen bitte aus der Gefahrenzone. Es gibt nur eine einzige Regel: Niemanden töten. Ansonsten ist alles erlaubt. Auf mein Signal geht's los – FIGHT!", eröffnete Arek den Kampf. Hinter Collin standen ein weißblonder, muskulöser Werwolfjunge mit Killerblick und ein kleines Mädchen mit roten Locken. Der Werwolf rannte auf Luce zu, der mit einer schnellen Bewegung nach links auswich und dem Blondhaarigen einen kräftigen Tritt in den Rücken verpasste. Vor den Händen des roten Lockenkopfs erschienen Kreise aus leuchtendem Orange. Sie rannte auf Mai zu, welche mit einem frechen Grinsen vor ihr stand. In dem Moment, als das Mädchen gerade zu einem Schlag ausholte, sprang Mai so hoch, dass sie kopfüber eine Schraube über den Rotschopf machte. „Kettengefängnis", brüllte Mai. Aus dem Nichts umschlossen Ketten die kleine Hexenmeisterin. Collins Gesichtsausdruck wurde finster und er setzte sich in Bewegung, Mit Gebrüll stürzte er auf mich zu. „Flammenkreis", rief ich meine Flammen, die einen Kreis um Collin schlossen. Ich wusste, dass ihn meine Flammen nicht lange aufhalten konnten. Schnell warf ich einen letzten Blick zu Luce, der noch immer mit dem Werwolf kämpfte und trat in den Flammenkreis. „Das kriegst du zurück, du miese ..." Weiter kam er nicht, da er einen Tritt in seine Seite kassierte. Kurz darauf landete seine große raue Faust in meinem Gesicht. Ich ging zu Boden und trat ihm dabei blitzschnell zwischen die Beine. Er jaulte auf und ging ebenfalls zu Boden. Noch bevor er aufstehen konnte, stellte ich mich hinter Collin und hielt ihm ein Messer an die Kehle. „Team Jane gewinnt!", rief Arek. Mit einer kleinen Handbewegung ließ ich meine Flammen abklingen. Das Letzte, was ich mitbekam, war ein heftiger Schlag ins Gesicht, bevor alles schwarz wurde.

„Jane! Jane?", hörte ich Mais besorgte Stimme, als ich vorsichtig meine Augen aufschlug. Ich lag in einem Krankenbett. Neben mir standen Mai, Luce und Arek. „Wie geht's dir?", platzte Mai heraus. Bevor ich etwas antworten konnte, fiel sie mir um den Hals. „Ich hab mir solche Sorgen gemacht! Mach so etwas nie wieder!" „Mir geht es gut", nuschelte ich in ihre Halsbeuge, bevor ich meine Arme um sie schlang. „Was ist eigentlich genau passiert?", fragte ich. „Nachdem Collin gegen euch verloren hatte, hat er dir so hart ins Gesicht geschlagen, dass du ohnmächtig wurdest. Hätte ich ihn nicht von dir heruntergezogen, hätte er dich wahrscheinlich halbtot geprügelt.", erzählte Arek doch er wurde von Mai unterbrochen, die „Dafür darf er jetzt einen Monat Küchendienst machen und nachsitzen," einwarf. „Ms. Blackwood, sie dürfen den Krankenflügel jetzt verlassen. Sie haben keine Gehirnerschütterung, nur einige Prellungen", unterbrach eine Ärztin unsere Unterhaltung. „Danke", sagte ich erleichtert. „Sollen wir dich auf dein Zimmer bringen?", bot Luce an. „Ich würde lieber in den Schulgarten gehen. Kommst du mit, Mai?" „Ja." Wir verließen den Krankenflügel und verabschiedeten uns von Arek.

Der Schulgarten sah wunderschön aus. Überall blühten Blumen und die Sonne funkelte auf dem kleinen Teich des Schulgartens. „Meint ihr, wir haben die Prüfung bestanden?", fragte ich in die Runde. „Das wird übermorgen bekanntgegeben", antwortete Mai. „Wenn wir bestehen, dürfen wir auch endlich auf Missionen", ergänzte Luce. Nach bestimmt zwei Stunden fing es an zu dämmern und wir schlappten zurück, wieder in Richtung des großen Lagerhauses. „Ich hoffe, wir haben bestanden. Ich möchte unbedingt auf die Missionen gehen!", seufzte Mai, als wir schon fast wieder auf unseren Zimmern waren.

Müde öffnete ich meine Augen. Heute war der Tag der Prüfungsauswertung. Ich setzte mich auf und ließ meinen Blick durch unser von Sonnenlicht erleuchtetes Zimmer schweifen. Keine Mai. „Auch schon wach", schmunzelte Mai, die in der Badezimmertür stand. Sie sah echt süß aus in ihrem schwarzen, drei Nummern zu großen Oversize-Schlaf-T-Shirt. Zaghaft schmunzelte ich zurück und fragte sie: „Wie spät ist es?" „7:30 Uhr, der Wecker müsste gleich klingeln." „Warum bist du dann schon wach?" „Konnte nicht mehr schlafen. Ich bin viel zu aufgeregt wegen den Prüfungen." „Haha, ich auch." Ich schwang meine Beine über die Bettkante. Noch im Halbschlaf taumelte ich zu Mai ins Bad und schnappte mir meine Zahnbürste. Den Mund voller Schaum drehte ich mich zu Mai, die mich immer noch von der Seite beobachtete. „Was ist?", fragte ich, was gar nicht so einfach war mit dem Mund voller Zahnpasta. „Nichts, nichts", währte sie unbeholfen ab. „Okay!?". Wir zogen uns schnell um, damit wir in den Speisesaal konnten.

„Komm, beeil dich, in zehn Minuten schließt die Küche, dann kriegen wir kein Frühstück mehr", drängelte Mai. „Komme!" Im Laufen schmiss ich mir meinen Rucksack über die Schulter, bevor ich hinter ihr aus der Tür stolperte und sie hinter mir zuzog. Halb rennend, halb laufend schafften wir es gerade noch in den Speisesaal. Mit unseren beladenen Tabletts suchten wir nach freien Plätzen. Am anderen Ende des Speisesaals entdeckte ich Luce, der alleine an einem Tisch saß. Schnell gab ich Mai ein Zeichen, mir zu folgen. „Ist hier noch frei?", grinste ich Luce an. „Für euch doch immer", flirtete Luce zurück. Mai setzte sich und rollte mit den Augen. Sofort brachen Luce und ich in schallendes Gelächter aus. „Ist neben dir noch Platz, Mickey Mouse?", kam es von einem grinsenden

Jungen hinter Mai. Es war Alex, Mais Bruder. „Nenn mich noch einmal Mickey Mouse und es knallt. Und ja, neben mir ist noch frei", zischte sie zurück. Alex sah eindeutig gut aus. Ich schätzte, dass bestimmt jedes zweite Mädchen an der Schule auf ihn stand. Die rehbraunen Augen, das freche Grinsen. Mai und er sahen echt verdammt ähnlich aus. „Ich frage mich schon, welche Oase ich als Missionstruppe zugeteilt bekomme", schmatzte Alex. Es war nämlich so, dass die besten der Zweitklässler jeweils eine Oase aus Erstklässlern zugeteilt bekamen und mit ihnen ihre ersten Missionen absolvierten. Eine Oase bestand im Normalfall aus drei bis vier Schattenweltlern. „Hoffentlich nicht uns", giftete Mai. „Dazu musst du erstmal die Prüfung bestehen." „Kannst du nicht mal fünf Minuten deine Klappe halten, warum sitzt du eigentlich hier? Geh doch zu deiner Lara? Sarah? Oder wie hieß sie noch gleich?" Ich hatte Mai noch nie so angepisst erlebt. Ob bei ihr alles okay war? Als sie aufstand, um ihr Tablett wegzubringen, lief ich ihr hinterher. „Was ist los?", fragte ich besorgt. „Nichts, der Typ nervt nur einfach tierisch", kam es zurück. Ich glaubte ihr zwar nicht ganz, beließ es aber dabei, schließlich wollte ich ihr nicht auf die Nerven gehen. Deshalb griff ich einfach nach ihrer Hand und schleifte sie bis in den Trainingsraum, wo in wenigen Minuten die Prüfungsauswertungen bekanntgegeben werden würden.

Der Raum war bereits gut gefüllt. Die meisten Schüler standen in kleinen Grüppchen zusammen und unterhielten sich. Durch das Räuspern von Arek verstummten schlagartig alle im Raum und er begann zu sprechen: „Nun – da ihr wahrscheinlich alle schon sehr auf die Prüfungsergebnisse gespannt seid, will ich hier gar nicht so viel herumquatschen und komme direkt zur Sache. Bestanden haben: Amy Steinfeld, Amanda Lucas,

Collin Hartrown, Dean Manac, Eren Hunter, Emilia Abbot, Fred Stuard, Hannah Gandia, Ian Thommas, Jack Ronald, Jane Blackwood, Kelly Mason, Konner Schuster, Lucile Travers, Lennart Belova, Mai Salters, Nele Garcia, Oliver Miller, Phill Brown, Riley Jones, Sophia Johnson und Yara Smith. Ihr zweiundzwanzig dürft ab sofort auf Mission gehen. Der Rest von euch kann es bei den nächsten Zwischenprüfungen nochmal versuchen." Ich konnte es gar nicht glauben. Wir hatten alle drei bestanden. Etwas rechts von uns stand Collin mit Amanda und Fred. Sein Gesicht zierte ein hämisches Grinsen. „Wir haben es geschafft!", schrie Mai, während sie mich und Luce in eine stürmische Gruppenumarmung zog. „Ja, das haben wir!", seufzte ich erleichtert. „Glückwunsch an alle, die bestanden haben. Ihr bleibt bitte noch kurz hier, dann verteilen wir eure Helfer aus dem zweiten Jahr. Die anderen gehen solange bitte in ihren Unterricht", fuhr Arek fort.

Nachdem die restlichen Erstklässler den Raum verlassen hatten, kamen ein paar Schüler aus der zweiten Klasse herein. „Die Zweitklässler werden die drei ihnen zugeteilten Schüler vorlesen, welche sich dann bitte zu ihm stellen", erklärte uns Arek das Ganze. „Oliver Miller, Yara Smith und Konner Schuster", rief ein Mädchen mit dunkelblonden Locken. „Lucile Travers, Mai Salters und Jane Blackwood", wurden unsere Namen ausgerechnet von Alex aufgerufen. „Womit hab ich das verdient?", nuschelte Mai neben mir. Ich konnte Mai nicht wirklich verstehen. Eigentlich war Alex doch ganz nett. Okay, ich kannte ihn jetzt auch nicht so richtig, aber ... Mit einem tiefen Seufzer und einem „Bringen wir es hinter uns!" packte Mai mich und Luce am Arm, um uns zu Alex zu ziehen, der sie mit einem „Glückwunsch, Schwesterchen!" begrüßte. „Bist du ernsthaft immer noch sauer wegen Lena?", fragte er halb verwirrt, halb genervt. Als sie keine Antwort gab, setzte er ein „Dann halt nicht!" nach und drehte sich weg.

Nachdem Arek noch eine ganze Weile geredet hatte, die restlichen Oasen eingeteilt waren und die genaueren Details zu den ersten Missionen nächste Woche geklärt waren, beendete Arek die Versammlung. Mai und Luce hatte ich schon mal vorgeschickt, sodass nur noch Alex und ich im Raum waren. „Ist irgendwas, weil du nicht bei den anderen bist?", wunderte er sich. „Ich wollte dich etwas fragen." „Schieß los." „Warum ist Mai so sauer auf dich?" „Wegen Lena." Kurze Pause. „Ich habe ihr ihre Freundin ausgespannt. Sie und Lena waren zusammen und ich habe sie ihr ausgespannt. Das ist ungefähr ein halbes Jahr her und ich bereue es immer noch." „Du hast ihr ihre Freundin ausgespannt? Okay, das hätte ich jetzt nicht erwartet. Ich wusste nicht mal, dass sie auf Mädchen steht." „Ja ... Ich auch nicht", lachte er.

Als ich in unser Zimmer kam, saß Mai auf ihrem Bett, hörte Musik und kritzelte wütend auf einem Block herum. Sie entdeckte mich und nahm die Kopfhörer ab. „Wo warst du denn noch so lange?", erkundigte sie sich. „Dein Bruder hat dir also die Freundin ausgespannt!", schmunzelte ich. Sie schlug sich die Hand auf die Stirn und murmelte: „Das war ja mal wieder klar!"

Kapitel 4

„Jane!" Erschrocken schaute ich auf. „Wir sind dran", grinste Mai. Gemeinsam gingen Mai, Alex, Lucile und ich in Mr. Uratas Büro. Man hatte uns ins Büro des Rektors bestellt, um unsere erste Mission abzuholen. „Wie ich sehe, sind sie vollzählig. Im Brooklyn-Bridge-Park geriet ein von einem Dämon besetzter Hund außer Kontrolle. Es scheint nur ein kleiner Dämon zu sein. Deshalb wird ihre Mission daraus bestehen, den Hund einzufangen und an die Schule zu transportieren, damit er hier exorziert werden kann und dann seinem Besitzer zurückgegeben wird. Nehmen sie die Mission an?", fragte uns Mr. Urata. „Ja", kam es einstimmig zurück. „Noch irgendwelche Fragen?" „Ja, warum schicken sie keine Oase mit jemandem mit der Tierfähigkeit Hund? Der könnte doch dann rein theoretisch mit dem Hund reden, oder?", fragte Alex. „Mr. Salters, wir haben es hier mit einem von Dämonen besetzten Hund zu tun. Da wird ihnen das nicht viel bringen. Außerdem ist die einzige Oase mit diesen Fähigkeiten gerade auf einer anderen Mission. Begeben sie sich nun bitte nach draußen. Ein Fahrer wird sie dann zum Brooklyn-Bridge-Park bringen", erklärte Mr. Urata. „Folgen sie mir bitte", forderte uns ein Mann in schwarzem Anzug und Sonnenbrille auf. Wir folgten dem Anzugträger bis zu einem Auto – ein schwarzer Siebensitzer. Alex öffnete Mai die Tür: „Einsteigen!", grinste er. „Ladies first!" Luce hielt mir mit einer eleganten Armbewegung die Tür auf. „Danke", murmelte ich. Er grinste, als er merkte, dass ich leicht errötete. Irgendwie hatte ich nicht gedacht, dass wir mit einem Auto zur Mission fahren würden. Das war so normal. Naja, zur Hälfte sind alle Schattenweltler ja auch Menschen. Langsam überkam mich die Angst. Mir wurde ganz heiß und ich bekam kaum mehr Luft. Luce neben mir schien das zu merken und legte seine Hand auf meine. Ein warmes Gefühl durchfuhr meinen Körper und beruhigte mich. Vorsichtig verschränkte ich unsere Finger miteinander. „Wir schaffen das!", flüsterte er mir beruhigend zu, während er mir beruhigend in die Augen sah und mir eine Haarsträhne hinters Ohr strich. „Ich verspreche es dir." „Wir sind da", störte der Fahrer unsere Unterhaltung.

Immer noch Luces Hand haltend krabbelte ich aus dem Wagen zu den anderen. Als Mai unsere verschränkten Hände sah, begann sie breit zu grinsen. „Ich warte hier, bis ihr eure Mission beendet habt", kam es von dem Fahrer. Schon von Weitem hörte man die verschreckten Schreie der Menschen. „Kommt, beeilt euch!", rief Alex, bevor er losrannte. Schnell folgten wir ihm. Auf der Wiese vor uns tobte ein außer Kontrolle geratener Labrador. Der Großteil der Menschen war von der Polizei schon evakuiert worden. Ich konnte den Dämon bis hier riechen. Unwillkürlich drückte ich Luces Hand fester. Beruhigend strich er mit seinem Daumen über meinen Handrücken. „Los geht´s", animierte er uns. Der Hund hatte einen Mann Mitte zwanzig angefallen. „Wir müssen das Sichtschild aufbauen", rief Mai. Wir strömten aus. Ich hasste das Gefühl, als ich Luces Hand losließ. Als wir ein gutes Stück auseinander gerannt waren, stach jeder von uns den kleinen silberblauen Pfahl, den er bei sich trug, in den Boden. Wir hatten sie so in den Boden gesteckt, dass sie ungefähr jeweils hundert Meter voneinander standen und ein Viereck bildeten.

In jenem Moment begann sich das blaudurchsichtige Schild von Stab zu Stab auszubreiten. Es diente dazu, uns von den Blicken der Außenwelt abzuschirmen, da Salvore weder das Schild noch durch das Schild hindurch sehen konnten. „Ich lenke ihn ab!" Luce war schon losgelaufen, um die Aufmerksamkeit des Hundes auf sich zu lenken, was auch funktionierte. Mai und Alex sahen sich an, gingen etwas auseinander und in dem Moment, als der Hund zwischen ihnen durchrannte, formte Alex einen riesigen Käfig aus blauen Blitzen um den Hund. Mai wickelte ihre eisernen Ketten um den riesigen Käfig. Gleichzeitig riefen sie „Eisengefängnis" und „Blitzkäfig". Während sie immer näher zusammengingen, um den Käfig des tobenden Hundes zu verkleinern, rannten Luce und ich zu dem verletzten Mann. Vorsichtig halfen wir ihm auf und begannen, die Bisswunde an seinem Bein erstzuversorgen. Der Hund hatte einen Teil der Haut herausgerissen. Das offene Fleisch sah übel aus. Luce redete beruhigend auf den Mann ein, während ich die dämonenverseuchten, abgestorbenen schwarzen Stellen der Wunde vorsichtig mit einem Skalpell herausschnitt. Luce hatte sich so vor den Mann gesetzt, dass dieser sein Bein nicht sehen konnte. „Das könnte jetzt kurz brennen", informierte ich den Mann. Behutsam reinigte und desinfizierte ich die Wunde des Mannes. Ihm entwich ein Schmerzensschrei. „Sie haben es fast geschafft", ermutigte Luce den Mann, als ich vorsichtig sein Bein verband. „Gut gemacht", lobte Luce uns beide. Erleichtert hob ich die Hand, um Luce mit einer Ghettofaust abzuklatschen. So erleichtert war ich noch nie. Wir hatten es geschafft.

„Freu dich nicht zu früh", lachte jemand hinter mir. Das war nicht der Geruch eines normalen Dämons, er war viel mächtiger, biss in der Nase jagte mir einen Schauer über den Rücken. Wir waren verloren. Ich drehte mich um. „Sahír", entfuhr es mir. „Ganz richtig, Süße." Wir hatten mittlerweile den König der Dämonen im Geschichtsunterricht durchgenommen. Das war unser Ende. „Bereit zu sterben, Blackwood?", höhnte Sahír, während er sich über mich beugte und seine Finger auf die Stelle legte, an der sich mein Herz befand. Würde das Letzte, was ich jeh sah, wirklich dieser Mann mit Umhang sein? Seine roten Augen funkelten und sein rotblonder Zopf wehte im Wind. Die Narbe an seinem Auge war der Beweis für seinen Kampf gegen Rahir. Er begann, seine Finger durch meine Haut zu bohren. Er drückte mich auf den Boden und versuchte, mein Herz herauszureißen. Solche Schmerzen hatte ich noch nie in meinem Leben gespürt. Ich unterdrückte ein Schreien. „Fass sie nicht an!", brüllte Luce. Er hatte Sahír mit aller Kraft in die Seite getreten. Sahír flog ein paar Meter über den Boden. Schnell stand ich auf. „Nicht schlecht, Kleiner, jetzt muss ich dich wohl leider auch töten", lachte der König der Dämonen. Neben uns tauchten jetzt auch Mai und Alex auf. „Blitzwelle", rief Alex. Er leitete eine Blitzwelle durch den Boden. „Schwacher Versuch", lachte Sahír. „Das war ja auch nur die Ablenkung!" Jetzt freute sich Alex und deutete auf seine Hände. Sahírs Hände waren mit einer von Mais Ketten gefesselt. „Ihr seid lästiger, als ich dachte." „Ich habe Verstärkung gerufen. Wir müssen nur noch durchhalten", flüsterte Alex. „Alle auf einmal?", fragte ich. „Alle auf einmal!" Wir stürmten los und attackierten ihn von allen Seiten. Eine von Mais Ketten traf ihn im Auge und verbrannte diese Stelle, was ihn kurz ablenkte. Alex und ich nutzten die Chance und griffen ihn von zwei Seiten an. Meine Flammen verbrannten eine Hälfte seines Gesichts. Kurz zitterte er noch von der enormen Stromeinwirkung, was Lucile nutzte, um ihm einen heftigen Tritt in die Seite zu verpassen. Es knackte. Die Rippe war wohl gebrochen. So leicht würden wir uns nicht ergeben. „Langsam nervt ihr mich echt. Eure Verstärkung ist bestimmt schon auf dem Weg. Also sollte ich jetzt endlich mal ernst machen." Mit einer Kopfbewegung schleuderte er alle bis auf mich nach hinten. Luce versuchte zurückzurennen, krachte aber gegen eine unsichtbare Wand. Mai und Alex versuchten es ebenfalls, kamen aber auch nicht durch. Lucile brüllte und hämmerte verzweifelt gegen die Wand, doch der Ton drang nicht hindurch. „Es tut mir leid", flüsterte ich, bevor Sahír seinen Strahl auf mich abfeuerte. Ich sah in Luces Augen. Die Verzweiflung war ihm ins Gesicht geschrieben. Er versuchte irgendwie, durch die Wand zu kommen, schaffte es aber nicht. Mai und Alex zogen ihn ein Stück zurück. Ich sah die Tränen in Mais Augen. Der Strahl hätte mich jeden Moment erwischen sollen, doch er tat es nicht. Ich drehte mich nach vorne. Jemand hatte sich vor den Strahl geworfen.

„Mama?!", schrie ich. Sie lag einfach vor mir – nach allem, was passiert war. Sie war halb tot. „Es tut mir leid, Schatz. Ich wollte dich doch nur beschützen. Ich liebe dich!", brachte sie erstickt hervor. Schützend und verzweifelt warf ich mich über ihren Körper. Sahír, der noch sichtlich von seinem Angriff geschwächt war, lachte. „Mama, Mama, du darfst nicht sterben!" „Lächle, ich will es noch einmal sehen." Mit aller Kraft zwang ich mich zu einem Lächeln und sagte: „Ich vergebe dir Mama, ich liebe dich!" „Danke!", war das Letzte, was sie sagte, bevor das Leben aus ihrem Körper wich. Sie starb mit einem Lächeln. Die ganze Wut und Trauer, die ich verspürte, sammelte ich in mir und ließ sie auf einen Schlag los. Die Flammen schossen nur so aus meinem Körper und richteten sich gegen Sahír. Er hatte meine Mutter getötet. Ich verlor die Kontrolle über meine Gefühle und verbrannte ihn. „Das ist für meine Mutter!", schrie ich voller Schmerz. Sahírs Schmerzensschreie klangen wie Musik in meinen Ohren. Als meine Flammen erloschen, kam ein komplett verbrannter Sahír zum Vorschein. Hinter uns kamen Schattenweltler angerannt. „Wir sehen uns wieder!", waren die letzten Worte, bevor er abhob und in den Himmel verschwand. Die Wand löste sich auf und Luce rannte auf mich zu. Er fing mich gerade noch auf, bevor ich ganz zu Boden ging. Besorgt drückte er mich an sich. Mir rannen die Tränen über die Wangen. „Ich bin hier, ich bin ja hier", versuchte er mich zu beruhigen. Mit einer Hand hielt er mich fest, mit der anderen streichelte er beruhigend meinen Kopf. Ich war verwirrt, traurig und überfordert – alles brach über mir zusammen. Das war zu viel. Ein paar Leute legten ein Tuch über meine Mutter und brachten sie weg. Dem verletzten Mann wurden von einem Hexenmeister die Erinnerungen gelöscht, bevor er in einen Krankenwagen gebracht wurde. Ich rappelte mich langsam auf und wischte mir die Tränen aus dem Gesicht. Mai und Alex standen bei uns. Er hatte beschützend einen Arm um seine kleine Schwester gelegt. „Meint ihr, er kommt wieder?" „Die Frage ist eher: Wann kommt er wieder?", antwortete ich.

Kapitel 5

Helle Sonnenstrahlen kitzelten mein Gesicht. Es war Mittag und in wenigen Stunden würden mich mein Dad und Aishar abholen. Heute war der letzte Schultag vor den Ferien. Auch Mai, Alex und Luce würden heute für zwei Wochen nach Hause fahren. Der Tod meiner Mutter hatte mich einerseits erleichtert, da ich nun wusste, dass sie eigentlich doch nicht so böse war, wie wir alle dachten, andererseits hatte ich meine Mutter erneut und diesmal auch endgültig verloren. Der ursprüngliche Plan meiner Mutter und Sahír war es, dass Sahír sich in dem Hund versteckte, sich für einen kleinen Dämonen ausgab und so in die Schule gebracht werden würde. Dann hätte er die Schule vernichtet und ich wäre in Sicherheit vor der „großen bösen Schattenwelt" gewesen. So der Plan meiner Mutter, doch Sahír hatte vor, mich und meine Mutter einfach auszuschalten und die schwarzen Flammen an sich zu reißen. Er hatte meine Mutter einfach benutzt. Sie hatte ihn aus Atarm befreit und er hatte sie einfach hintergangen.

Ich wusste nicht, wie es weitergehen sollte. Nur eins wusste ich: Ich würde mich rächen – und zwar um jeden Preis. „Jane, kannst du mir mal kurz helfen?" Mais Haare hatten irgendwie den Weg zwischen die Zacken des Reißverschlusses gefunden und so hing sie nun an ihrem Koffer fest. „Wie hast du das denn geschafft?" „So ganz weiß ich das auch nicht." Immer noch lachend befreite ich ihre Haare. Sie richtete sich auf und fragte: „Bist du schon fertig mit packen?" „Fast", und mit einem Grinsen warf ich den letzten Klamottenstapel in meine Reisetasche. „Jetzt bin ich fertig." „Gar keinen Bock auf Ferien!", lachte Mai. „Meine Mom wird mir den ganzen Tag auf die Nerven gehen." „Du hast ja noch Alex." Sie musste lachen. „Komm, wir gehen runter. Luce und Alex warten bestimmt schon auf uns." Lässig warf ich meine Reisetasche über die Schulter und verließ hinter Mai das Zimmer.

Tatsächlich warteten Luce und Alex unten schon auf uns. Vor dem Schulgebäude standen schon die meisten Eltern, um ihre Kinder in Empfang zu nehmen. „Ab in die Ferien!", rief Alex, bevor wir gemeinsam vor das Schulgebäude traten. „Jetzt müssen wir uns wohl verabschieden." „Wir sehen uns doch in zwei Wochen wieder", lachte Alex. Ich musste auch lachen und gab Alex eine Ghettofaust als Verabschiedung. „Komm her", schmunzelte Luce, der seine Arme nach links und rechts ausbreitete, um mich zu umarmen. Seine Umarmungen taten so unfassbar gut. „Das wollte ich eigentlich schon letzte Woche sagen ... Ich hab dich gern, sehr gern!" Er raunte es ganz leise in mein Ohr. Glücklich hob ich den Kopf und sah erst in seine Augen und dann auf seine Lippen. Vorsichtig strich er mir eine Strähne hinters Ohr und legte seine Lippen auf meine. „Ich dich auch", hauchte ich, bevor ich ihn zurück küsste. „Na endlich", seufzte Mai, die an ihren Bruder gelehnt neben uns stand. Ich warf einen Blick zu Luce, der mit rosigen Wangen und einem breiten Grinsen neben mir stand und meine Hand hielt. In mir tanzten die Schmetterlinge. Wie lange hatte ich auf diesen Moment gewartet. Es fühlte sich alles so leicht an, als könnte ich fliegen. „Sagst du mir auch noch tschüß?", fragte Mai. Natürlich nahm ich auch sie in den Arm. „Als ob ich mich von meiner besten Freundin nicht verabschieden würde", gab ich zurück. Wir lösten uns und gingen in getrennte Richtungen zu unseren Eltern. Ich sah noch, wie Alex einen Arm um Mais Schultern legte. „Na, wer ist denn der Glückliche?", begrüßte mich mein Dad. „Lucile Travers", antwortete ich glücklich, bevor ich zu ihm ins Auto stieg.

„Das war noch nicht das Ende ..."

Danksagung

Beim Schreiben dieses Buches habe ich viel Unterstützung bekommen und ohne diese Unterstützung hätte ich das Ganze gar nicht geschafft. Da dieses Buch im Rahmen eines Schulprojektes mit selbst gewähltem Thema entstanden ist, hatte ich ziemlichen Zeitdruck und Stress. Daher habe ich viel Unterstützung benötigt.

Susanne Hofmann:

Ein ganz herzlicher Dank geht an meine Lektorin Susanne dafür, dass sie meine Texte korrigiert hat und jederzeit für Fragen zur Verfügung stand.

Henning Ahrens:

Ebenfalls möchte ich Henning Ahrens für seine Hilfe beim Start meines Romans und die tollen Tipps danken.

Ilayda Utku:

Auch an meine Freundin Ilayda geht ein ganz großes Dankeschön dafür, dass sie mich immer motiviert hat, wenn ich einen Durchhänger hatte.

Meiner Mama:

Danke dafür, dass du mir beim Abtippen und Verfeinern meiner Texte geholfen und mir Dampf gemacht hast, als die Abgabefrist immer näher gekommen ist.

Meinem Papa:

Danke für das Layouten meiner Texte und deine stets ehrliche Meinung.

© **2022** Ally Hofmann

1. Auflage

ISBN: 9783756215423

Herausgeber: Mark Hofmann, Angerburger Straße 21, 90411 Nürnberg

Autor: Ally Hofmann

Cover Artwork: Ally Hofmann

Lektorat: Wortfindung - Susanne Hofmann

Herstellung und Verlag: BoD – Books on Demand, Norderstedt